Para Gadea, la koala más alegre
y cantarina de Poble-Sec.
M.R.

Con todo mi amor para mi ahijada Blanca,
este cuento es para ti.
S.M.

Magela Ronda · Sara Mateos

Minicuentos de KOALAS para ser feliz

Beascoa

Papel certificado por el Forest Stewardship Council®

Primera edición: junio de 2021

Printed in Spain – Impreso en España

ISBN: 978-84-488-5430-0
Depósito legal: B-4.860-2021

Compuesto por Magela Ronda
Impreso en EGEDSA
Sabadell (Barcelona)

BE 5 4 3 0 B

Mi amigo
Tigretón

Hoy no es un día normal,
Lola Koala espera, nerviosa,
su regalo más especial.
—¡Tarda mucho, mamá!
¿Cuándo llegará?

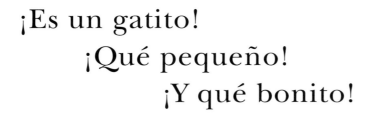

¡Es un gatito!
　　¡Qué pequeño!
　　　　¡Y qué bonito!

—Feliz cumpleaños, Lola —dice papá
　　con cariño—. Aquí está tu nuevo amigo.
　　　　Tendrás que cuidarlo con mucho mimo.

—Se llamará Tigretón y lo voy
　　a querer un montón.

Cada mañana, Lola Koala
le da el biberón.
—¡Tigretón! ¡Eres un glotón!

Lola Koala también le enseña
que, para hacer pis o caca,
tiene que usar la arena.

—¡Eso no se hace, Tigretón! —le riñe
Lola Koala—. Las cortinas no se arañan
y tampoco el sofá,
ni el sillón.

Cuando tiene frío, Tigretón
se acurruca en su almohadón.
Lola lo besa y lo mima
mientras le acaricia la barriga.

Ssshhh, no hagáis ruido,
con tanto mimo,
Tigretón se ha dormido.

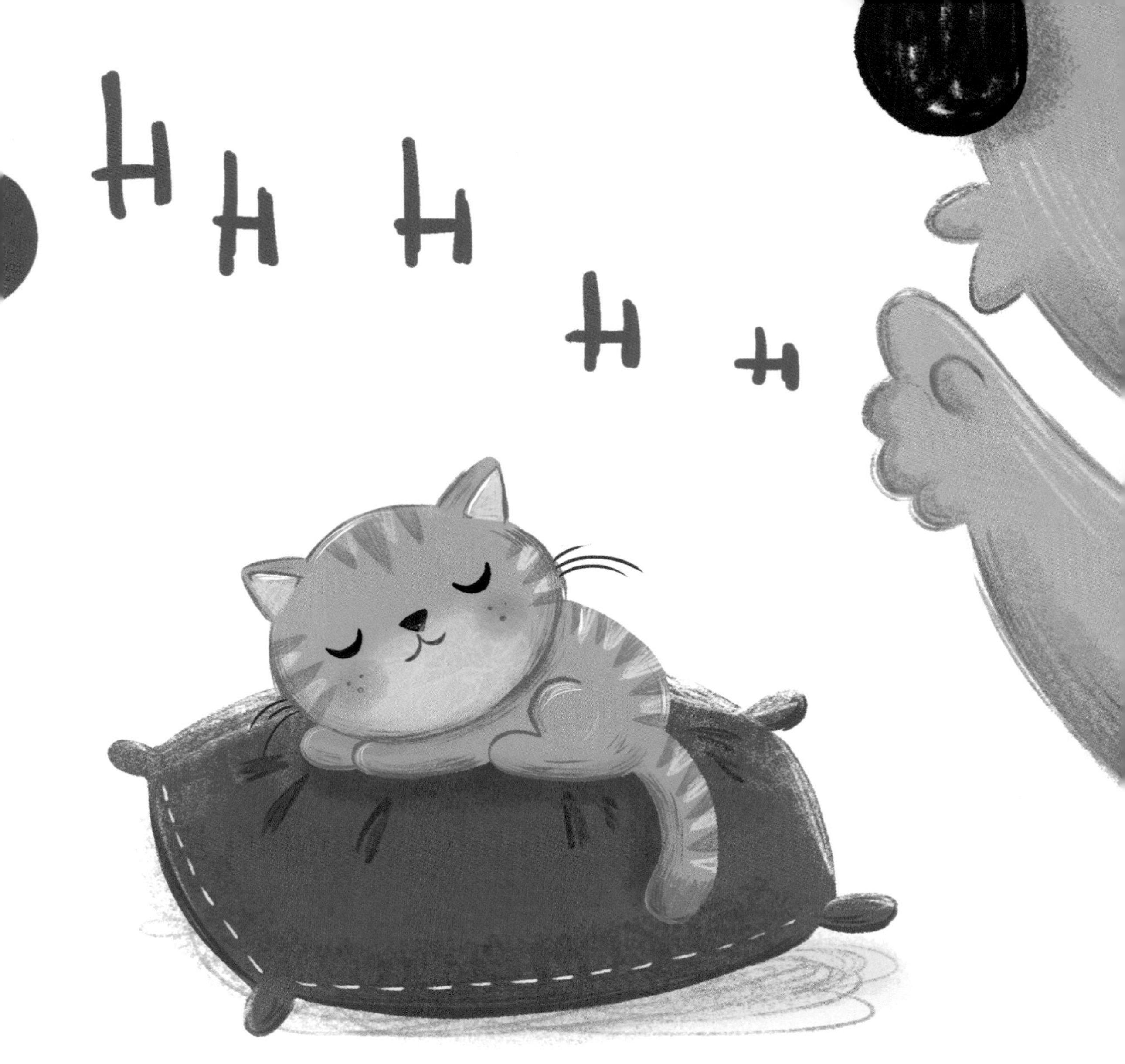
H H H H H

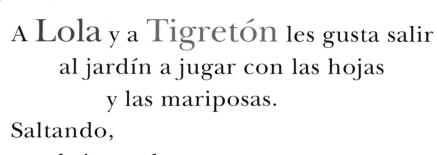

A Lola y a Tigretón les gusta salir
al jardín a jugar con las hojas
y las mariposas.
Saltando,
brincando
y bailando,
la tarde se pasa volando.

Cuando la luna se asoma por la ventana,
es hora de meterse en la cama.

Lola lee un cuento
y Tigretón la escucha muy atento.

—Buenas noches, Tigretón —dice Lola
entre bostezos—. Quietecito en tu rincón,
y que tengas dulces sueños.

Y colorín colorete,
Lola y Tigretón se quedan dormidos
antes de contar siete.

Un nuevo juego para Quique Koala

¡Brooommm!

Retumban los truenos y empieza a llover.
Tumbado en el suelo, Quique Koala
se aburre y se aburre.
No sabe qué hacer.

¡Brooommm!

Se ha ido la luz y todo está oscuro.
Quique Koala grita en el suelo:
—¡Mamá, mamá, ven, tengo miedo!

¡Brooommm!

Retumban los truenos cada vez más fuerte.
—Es solo una tormenta —explica mamá
con una sonrisa—. Te voy a enseñar
un juego y ya verás como
se esfuma el miedo.

—Siéntate a mi lado, cierra los ojos
   y coloca así las manos.
      Yo diré una palabra en voz alta
   y tú deja que la imaginación
      se ponga en marcha. ¿Preparado?
—Preparado.
—Arena.

De repente, Quique Koala
está en una playa.
Las olas vienen y van,
hay delfines, sirenas
y caballitos de mar.

Con la arena mojada,
Quique construye un castillo
de grandes ventanas
y un tejado amarillo.

—¿Te apetece ir al bosque
  a pasear? —pregunta, juguetona, mamá.

En el bosque de Quique
  hay ardillas, duendes, mariposas,
  un arroyo con peces, ranas
  y dos hadas preciosas.

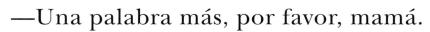

—Una palabra más, por favor, mamá.
—De acuerdo, allá va: ¡Navidad!

En el taller de Papá Noel,
Quique Koala construye juguetes,
envuelve regalos y hornea
galletitas de miel.

¡Brooommm, brooommm!

Retumban los truenos,
   pero Quique ya no tiene miedo.
Y como es hora de dormir,
   se lava los dientes, se pone el pijama
      y, acurrucado entre las sábanas,
         le pide a mamá:

—¡Una palabra más!

Y colorín colorado,
la hora de los sueños
ha comenzado.

Clara Koala
quiere ser la primera

En clase de gimnasia,
de mates o de guitarra,
la primera en terminar
es siempre Clara Koala.

—Ya está, terminé, ya he acabado
—exclama levantando la mano.

Clara no sabe que lo importante
es hacerlo bien y lo de menos,
acabar en un santiamén.

Hoy, en clase de dibujo,
aprenderá una importante lección.
Poned todos mucha atención.

—Preparad lápiz y papel —dice,
con una sonrisa, la señorita Raquel—.
Vamos a dibujar un árbol
y aunque parece sencillo,
la tarea de hoy tiene truco,
¡a ver si resolvéis el acertijo!

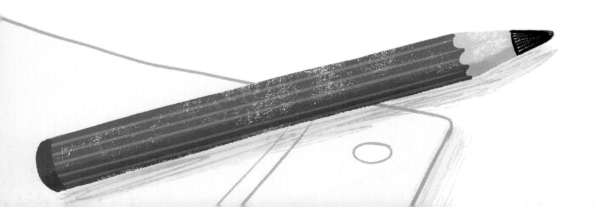

—¡Ya está, terminé, ya he acabado! —exclama
Clara Koala levantando la mano.
—¿Y cuál de estos árboles has dibujado?
—pregunta Raquel, observando el papel—.
Clara, antes de ponerse a dibujar,
hay que aprender a mirar.
—¡Pero es un árbol…! —protesta Clara
sin entender nada.

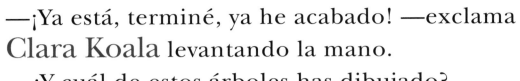

—Mira a tu alrededor —explica Raquel—.
Algunos árboles son grandes y otros, más
pequeños. Algunos dan frutas como
el naranjo o el limonero.
Algunos tienen el tronco grueso y rugoso,
y otros, suave y liso como los chopos.

—Fíjate en esa rama de ahí —continúa
explicando Raquel—. Mamá pájaro les
da de comer a los pajaritos en el nido.
En aquella otra rama, juegan dos ardillas,
y allí revolotean dos mariposas amarillas.

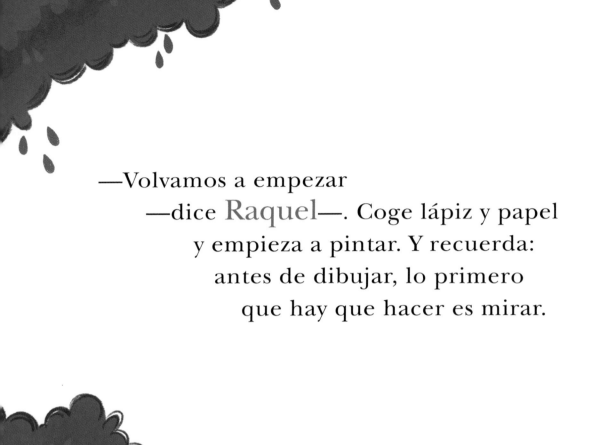

—Volvamos a empezar
　　—dice Raquel—. Coge lápiz y papel
　　y empieza a pintar. Y recuerda:
　　antes de dibujar, lo primero
　　que hay que hacer es mirar.

Clara Koala dibuja despacio
y con mucho mimo.
Primero el tronco rugoso y las hojas,
luego las ardillas y las mariposas.
Esta vez es la última en acabar, pero
¡qué más da!
—Clara, tu dibujo es precioso —dice
Raquel—. Sin duda, el mejor de todos.

Y colorín colorón,
ahora te toca a ti dibujar un árbol
para tu habitación.

Del uno al diez, ¿cómo de importante es?

Cosme Koala es muy exagerado.

Se pasa el día protestando, muy enfadado:

¡Qué mala suerte! ¡Me duele un montón!

¡Esto es injusto! ¡Me tiene manía!

¡Es lo peor!

Lo que te decía:

un exagerado,

un quejica y un gruñón.

Esta mañana, mientras jugaba en su habitación,
se le ha roto el juego del ordenador.
—¡Qué mala pata!, ¡qué horror!
Y ahora… ¿qué voy a hacer yo?
—A ver, Cosme —dice, con calma, papá—.
El juego se puede arreglar, así que,
del uno al diez,
¿cómo de importante es?
—Bueno…, pues…, no sé…,
¿un seis? —responde Cosme, pensativo.
—Pues entonces no es importante,
quédate tranquilo.

Jugando en el jardín, Cosme se ha hecho
sangre en el dedo y, de nuevo, llora
y se queja y se vuelve a quejar
y vuelve a llorar.

—A ver, Cosme —dice, con calma, papá—.
Con una tirita y agua oxigenada, aquí
no ha pasado nada, así que, del uno
al diez, ¿cómo de importante es?
—Un tres —responde Cosme muy seguro.
—Lo ves, no te quejes tanto y ven, que te curo.

—¡Papá! ¡Papá! ¡Papá!
Cosme ha tenido una pesadilla
    y sus gritos se oyen desde el pasillo.
—¡Ha sido horrible, papá! ¡No podré volver
    a dormir nunca más!
—A ver, Cosme —dice, tranquilo, papá—.
    Me tumbaré a tu lado hasta que estés
        calmado, y dime, del uno al diez,
            ¿cómo de importante es?
Esta vez Cosme no duda: —¡Un dos!
—Pues entonces a dormir,
    en un rato estarás mejor.

—¡Me duele la barriga! ¡Duele mucho!
¡Qué dolor! —se queja Cosme en el salón.
—A ver, Cosme —dice, tranquilo, papá—.
Has comido muchas chuches,
pero con una manzanilla
y arroz hervido se arreglará, así que,
del uno al diez, ¿cómo de importante es?
—¡Un cinco!

Luna, la hermana pequeña de Cosme,
llora desconsolada pues su cometa
se ha enganchado en una rama.

—Luna, lunita, no llores —dice, con calma,
Cosme Koala—. Yo puedo subir a
buscarla, así que, del uno al diez,
¿cómo de importante es?
—¿Uno?
—¡Eso es! No vale la pena llorar, ¿lo ves?

1 6 4 9

Y colorín colorado,
del uno al diez
¿cuánto te ha gustado?

5 2 3 7 8

Otros libros de Minicuentos:

- Minicuentos de gatos y patos para ir a dormir
- Minicuentos de leones y ratones para ir a dormir
- Minicuentos de vacas y jirafas para ir a dormir
- Minicuentos de tortugas y ballenas para ir a dormir
- Minicuentos de ositos y cerditos para ir a dormir
- Minicuentos de hipopótamos y ovejas para ir a dormir
- Minicuentos de lobos y pingüinos para ir a dormir
- Minicuentos de tigres y dragones para ir a dormir
- Minicuentos de ardillas y gallinas para ir a dormir
- Minicuentos de cocodrilos y canguros para ir a dormir
- Minicuentos de abejas y cebras para ir a dormir

En formato libro de cartón:

- Minicuentos para ir a dormir con Ramón León
- Minicuentos para ir a dormir con Rosa Ratona

Nueva colección:

Próximamente

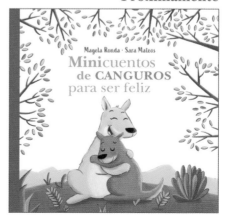